Ce livre app...........................
....

On me l'a offert le......................
....

à l'occasion de................................
....

Merci à...
....

Anne Deslauriers

La Fée dentiste

Éditions de la Paix

Gouvernement du Québec

Programme de crédit d'impôt pour l'édition de livres

Gestion SODEC

Le Conseil des Arts du Canada | The Canada Council for the Arts

Nous remercions le Conseil des Arts du Canada de l'aide

accordée à notre programme de publication.

Nous reconnaissons l'aide financière du gouvernement
du Canada par l'entremise du Programme d'aide

au développement de l'industrie de l'édition (PADIÉ)

pour nos activités d'édition.

Anne Deslauriers

La Fée dentiste

Illustration Jean-Guy Bégin

Collection Dès 6 ans, no 37

Éditions de la Paix

pour la beauté des mots et des différences

© 2004 Éditions de la Paix

Dépôt légal 3e trimestre 2004
Bibliothèque nationale du Québec
Bibliothèque nationale du Canada

Imprimé au Canada

Illustration   Jean-Guy Bégin
Graphisme   Guadalupe Trejo
Infographie   Liliane Lord
Révision   Jacques Archambault

Éditions de la Paix
127, rue Lussier
Saint-Alphonse-de-Granby
Québec   J0E 2A0
Téléphone et télécopieur   (450) 375-4765
Courriel   info@editpaix.qc.ca
Site WEB   http://www.editpaix.qc.ca

Données de catalogage avant publication (Canada)

Anne Deslauriers

   La Fée dentiste

   (Dès 6 ans ; 37)
   Comprend un index.

   ISBN 2-922565-99-8

   I. Bégin, Jean-Guy. II. Titre.
III. Collection: Dès 6 ans ; 37.

PS8557.E783F43 2004   jC843'.6   C2004-941121-7
PS9557.E783F43 2004

Un merci spécial, gentil et sincère

à Madeleine et Gérard,

à Josée, Frédérik, Jonathan, Bruno,

à Dominique, Sonia et Ginette.

De la même auteure

aux Éditions de la Paix

Le Prof d'un jour

(Dès 6 ans)

Chapitre premier

Rage de dents

Dans le village de Belle-Gueule, Juliette a un affreux mal de dents et pleure toute la nuit. Au matin, sa mère appelle le dentiste. Aucun rendez-vous possible. Elle est découragée, car Juliette pleure de plus belle. Sa voisine, alertée, vient voir ce qui se passe.

— Je ne trouve pas de dentistes, ils sont trop occupés, se plaint Antoinette.

— Vous ne connaissez pas la nouvelle dentiste ? reprend la voisine. Elle est, comment dire... un peu coquine, assure ma sœur. Elle ne traite que des enfants.

— Mais ma fille Juliette a une peur maladive des dentistes !

— Pas de problème. Les enfants l'adorent. Elle leur donne même des bonbons.

— Curieux, une dentiste qui donne des bonbons. Mais je n'ai

pas le choix. Juliette n'a pas dormi de la nuit. Comment s'appelle-t-elle ?

— Madame Albertine Labottine, je crois. À sa clinique, pas besoin de rendez-vous.

— Viens, Juliette, on y va !

— Non, maman ! Pas chez la dentiste !

— C'est une femme très gentille.

— Mais j'ai si mal !...

Chapitre 2

Surprise !

Étrange clinique ! Tout est si petit et la dentiste si grande. Avec de longs cheveux tout raides. Elle porte une robe blanche très bizarre. Il n'y a pas de secrétaire et tout est à l'envers.

— Bonjour, dit Albertine.

— Bonjour, voici Juliette qui a une rage de dents, répond Antoinette.

— Bon, à nous deux, Juliette !

Madame Albertine explique que les parents ne sont pas admis dans le cabinet de traitement. Et c'est tout un cabinet ! Plein de toutous, de bonbons et de jouets de toutes sortes. De la salle d'attente, sa mère entend Juliette rire aux éclats.

— Que se passe-t-il là-dedans ? se demande Antoinette.

Albertine n'arrête pas de faire des blagues et Juliette se tord de rire dans le fauteuil de la dentiste.

— Bon, on va s'attaquer à ta dent malade, mademoiselle.

— Oui, s'il vous plaît.

— C'est bien, ça. Tu n'as plus peur !

— Un peu, tout de même.

Juliette aperçoit, accrochée au mur, une jolie peinture représentant une fée. Elle regarde Albertine, les yeux en points d'interrogation.

— J'adore les fées, dit Albertine.

— Pourquoi les fées ? demande Juliette.

— Quand j'étais petite, ma grand-mère me racontait toujours des histoires. Celles des fées étaient mes préférées.

— Vous, la fée des dents ?

— Je ne pense pas. Pourtant, je crois être la fée dentiste, car les enfants m'aiment beaucoup.

— Votre robe est étrange.

— C'est un souvenir de ma grand-mère. C'est pour ça que je la porte. Voilà, le tour est joué, ta carie est réparée.

— Albertine lui présente son coffre aux trésors. Choisis. Un sac de bonbons ? Un toutou ? Un autre jouet à ton goût ?

À la grande surprise de la dentiste, la fillette s'empare de la seule brosse à dents du coffre.

— Merci, fée dentiste !

Chapitre 3

Les souris
d'Amédée DesCaries

Depuis quelque temps, il y a trois dentistes à BelleGueule :

Amédée DesCaries, Augustin LeMalin et Albertine Labottine. Le docteur DesCaries entend parler de la nouvelle dentiste et constate qu'il perd peu à peu ses jeunes clients.

Ce soir-là, quand tout le monde est couché, il va porter deux petites souris dans le bureau d'Albertine pour lui faire peur.

— Bon débarras, madame la dentiste ! ricane Amédée.

Le lendemain Albertine se lève tôt, car elle a trois chats, deux chiens, un canard, un hamster et une tortue à nourrir. Hathi, son fils, l'aide. Elle avale son petit déjeuner en vitesse et court à son cabinet.

En rentrant à la clinique, Albertine aperçoit les deux

magnifiques souris. Elle les attrape. Elle les apportera à la maison.

Pendant ce temps, Amédée a une autre idée. Il envoie ses deux fils épier la dentiste. Il est tout heureux, car il croit que madame Labottine est morte de peur. Ses fils reviennent, enchantés d'avoir trouvé dans le coffre aux trésors d'Albertine une voiture de collection.

— A-t-elle eu peur, madame la dentiste ? demande Amédée.

— Non, papa, elle nous a montré les souris et dit qu'elle va les apporter chez elle.

— Flûte, zut ! Zut et rezut ! Je dois trouver une autre solution. Je veux m'en débarrasser.

Dans l'après-midi, Amédée DesCaries va poster une lettre d'invitation. Madame Labottine est invitée à une conférence :

Dentistes souriants, patients contents. Ne plus défendre aux aux enfants de manger des bonbons et du chocolat.

Albertine reçoit la lettre. Elle adore les conférences et va se préparer. Elle part avec Hathi, oubliant de laisser un message à ses clients et amis.

Chapitre 4

Disparition de fée

À l'école, Juliette fait l'éloge d'Albertine. Elle dit que madame Albertine est très gentille et qu'elle donne de très beaux cadeaux. Tous les élèves veulent y aller. Plusieurs simulent un mal de dents pour voir si cette Albertine a les deux pieds dans la même bottine.

Ils veulent prendre rendez-vous, mais la dentiste n'est ni à son cabinet ni à son domicile. Ni elle ni son fils n'ont été vus au village depuis plusieurs jours. Ils ont disparu.

À l'école, les enfants organisent une réunion extraordinaire.

— Comment peut-on rejoindre Albertine ? demande Juliette.

— Lui envoyer un message par ballon ? suggère Sammy.

— Bien, voyons. On ne peut pas, répond la petite fille.

— Pourquoi pas ?

— Parce que c'est bizarre.

— Un message dans une bouteille ? dit Julie.

— Ça va être trop long, décide sa copine.

— Une lettre par la poste ? demande Alexandre.

— On ne sait même pas où elle est, rouspète Juliette, découragée.

Puis les enfants procèdent au vote. La solution gagnante,

le ballon. On écrit un message sur une pancarte et on l'attache au ballon :

ON DEMANDE

ALBERTINE D'URGENCE

POUR RÉPARER LES CARIES

DES ENFANTS DU VILLAGE

DE BELLE-GUEULE.

Les jeunes se croisent les doigts. Il ne faut pas que le ballon éclate.

Les enfants attendent des jours et des jours. Pas de réponse. Monsieur DesCaries se frotte les mains. Il croit avoir réussi.

Chapitre 5

Puis un beau matin...

Un beau matin, on aperçoit au loin une forme ronde qui se balance dans le ciel. Un ballon ! Est-ce le ballon-message qui est revenu tout seul ? Une personne tient la ficelle du ballon. C'est Albertine ! et Hathi marche à ses côtés.

— Qui a besoin de moi ? demande-t-elle haut et fort.

— Madame Albertine, enfin, c'est vous ! s'exclame Juliette. Il y a une épidémie de maux de dents à Belle-Gueule. Pour Léo, c'est grave. Il ne veut pas aller chez les autres dentistes, dit la petite fille.

— D'accord ! J'arrive. Je vais chercher ma trousse.

Albertine Labottine part en hâte chez Léo. Celui-ci a les yeux ronds quand il voit la dentiste arriver en robe blanche. Il pleure. Il crie. Il a la joue très enflée. Albertine se met au travail et, en deux temps, trois mouvements, le tour est joué. La dent est réparée et elle donne une ordonnance à son client.

— Merci mille fois d'être venue, dit Léo, et gros bisou, Albertine.

— Je t'en prie, c'est mon devoir de dentiste.

Léo n'a plus mal. Étonné, il reçoit un gros suçon, cadeau d'Albertine.

— Gros bisou, Léo, et croque ton suçon. Mais n'oublie pas, il faut TOUJOURS se brosser les dents après avoir croqué des sucreries.

Chapitre 6

Un client espiègle

Le lendemain, Albertine a une journée chargée. Elle reçoit beaucoup d'appels téléphoniques. On prend de ses nouvelles. On fixe des rendez-vous. Une journée comme elle les aime. Juliette lui offre d'être sa secrétaire, car elle voit à quel point sa grande amie est débordée.

La journée commence par Angéline qui a perdu la moitié de sa dent. Albertine lui enlève ce qui en reste très vite, comme par magie. La fillette choisit une petite souris en peluche dans le coffre aux trésors de la dentiste.

Ensuite arrive Germain Le-Malin. Il ne veut pas s'asseoir dans le fauteuil de la dentiste.

— Ça ne fait rien, dit Albertine, reste debout pendant que je répare ta carie. Si tu le préfères, tu peux t'installer sur mon petit banc ou dans un fauteuil de la salle d'attente.

Germain jette un coup d'œil au coffre aux trésors d'Albertine. Il s'assoit finalement dans le fauteuil, le temps d'une petite réparation. C'est vite fait. Il choisit un vaisseau spatial dans le coffre et il a presque hâte d'avoir encore mal aux dents.

Au tour de la petite Léa qui a très mal, elle aussi. Elle tremble de peur et ne veut pas de piqûre. Albertine l'assoit sur ses genoux et l'hypnotise. Ensuite elle répare sa dent. Léa, une fois réveillée, choisit un gros biscuit dans le fameux coffre.

L'abominable Rémi, fils de madame de La Grande, a eu un grave accident et s'est brisé plusieurs dents. Rémi veut voir la nouvelle dentiste, mais sa mère refuse. Elle veut l'envoyer chez Augustin LeMalin, dentiste dans les trois chiffres.

— Non ! Pas LeMalin ! Je veux consulter madame Labottine ! J'ai trop maaal !

— Rémi, on dit que c'est une sorcière, insiste sa mère.

— Ça m'est égal, j'aime les sorcières !

— Pourquoi d'abord ne pas aller consulter le dentiste Des-Caries ?

— Non ! Je veux Albertine !

— Dis quelque chose, Hermé-négilde, tu es son père enfin !

— S'il veut y aller, je suis d'accord.

Madame de La Grande perd tous ses moyens. Elle n'aime pas que les deux hommes de sa vie la contredisent. Elle accepte que Rémi consulte la dentiste Albertine.

Arrivée à la clinique, Huguette de LaGrande n'ose toucher à rien ni même s'asseoir, car elle a la phobie des microbes.

Quand Rémi entre dans la salle d'examen, sa mère veut le suivre, mais la dentiste l'arrête.

Assise sur sa chaise, Albertine étudie Rémi. Il n'a pas l'air commode et ne croit même pas à la fée des dents. Le garçon est prêt à lui jouer un tour, même s'il a mal aux dents. Albertine la coquine le voit dans ses yeux.

Elle devance Rémi et lui en joue un avant qu'il n'ait le temps de dire Ouf ! Ce qui le fait bien rire. Il aime beaucoup les blagues, surtout celles d'Albertine.

— Vous êtes une dentiste super !

Chapitre 7

Un mégaproblème

Monsieur DesCaries fait courir le bruit qu'Albertine n'aime pas le village de Belle-Gueule. Les adultes chuchotent que madame Labottine va déménager ailleurs.

Germain LeMalin entend ses parents parler de ce complot. Il lance un S.O.S. à tous les enfants pour ne pas perdre leur dentiste et amie, madame

Albertine Labottine. Ils organisent un grand rassemblement avec des pancartes et tout le tralala.

Entre-temps, la pauvre Albertine reste clouée au lit avec une rage de dents spectaculaire. Elle a un méga problème. ELLE A PEUR DU DENTISTE ! Incapable de se lever, Albertine ne sait plus quoi faire.

Comme Juliette ne voit pas la dentiste à son cabinet, elle se rend chez elle avec Germain. Hathi, le fils d'Albertine, répond.

— Qu'est-ce que c'est que ce zoo ? demande Germain en

voyant les trois chats, les deux chiens, le canard, le hamster, la tortue et les deux souris.

— Ce sont nos animaux, répond Hathi.

— Ça sent curieux, dit Juliette.

— Oui, c'est Mobli qui a des flatulences, réplique le garçon.

— Où est Albertine ? s'inquiète Germain.

— Elle est malade, répond Hathi. Elle a mal aux dents.

— On veut la voir, insiste Juliette.

— Bonjour Albertine, salue Juliette. Ça ne va pas ?

— Non, pas du tout. J'ai mal aux dents.

Albertine refuse de téléphoner au dentiste.

— Non ! J'ai peur des dentistes. J'ai toujours eu peur des dentistes. C'est ce qui m'a décidée à devenir dentiste. Je croyais que cela m'enlèverait ma peur, mais ça n'a pas marché.

— Votre joue est tout enflée. Il faut demander un rendez-vous.

Elle refuse et refuse...

Juliette décide qu'il est temps d'appeler monsieur DesCaries. Il est absent. Albertine a affreusement mal. Germain a une idée.

— Mon père pourrait probablement nous aider, mais il n'est pas commode. C'est pour ça que moi, je vais chez d'autres dentistes.

Germain téléphone à son père, mais Augustin LeMalin se

fait prier. Il ne veut pas vraiment. Il donne comme excuse qu'il a trop de rendez-vous. Germain insiste. Augustin trouve enfin un rendez-vous pour Albertine, mais après celui du maire Robidoux.

Amédée DesCaries qui passe par là aperçoit la dentiste entrer chez LeMalin. Il n'est pas content du tout.

Monsieur LeMalin, lui, commence à trouver la dentiste sympathique. C'est la plus gentille patiente qu'il ait soignée. Il la trouve drôle et elle est habile avec les enfants. Il décide de l'aider.

Chapitre 8

Le rassemblement

Dehors, l'orage gronde. Les enfants se promènent encore avec des pancartes sur lesquelles on peut lire :

ON VEUT GARDER

NOTRE DENTISTE !

VIVE ALBERTINE LABOTTINE !

Augustin LeMalin va se plain-dre au maire Robidoux.

— Il y a belle lurette qu'on a vu un tel scandale à Belle-Gueule. Les enfants vont attraper froid. Les parents sont mécontents.

Même la mairesse-aux-tresses trouve effrayant de voir des enfants parader dans la rue, sous la pluie en plus.

— Il faut garder la dentiste, dit LeMalin.

— On ne peut pas. Elle doit partir. Pour le bien des enfants. Les inspecteurs sont passés, dit le maire. Ils ont trouvé la clinique de madame Labottine malpropre.

— Il faut faire une autre enquête, dit monsieur LeMalin.

— Pourquoi ? s'étonne le maire.

— On a trouvé des crottes de souris.

— Oui, je sais. C'est Amédée DesCaries qui a insisté pour faire venir les inspecteurs.

— C'est louche. Ne trouvez-vous pas, monsieur le maire ? insiste Augustin.

— Je vais en parler à mes conseillers.

Chapitre 9

Le traître est démasqué

Albertine va mieux, mais elle est toute triste. Elle a perdu son permis de dentiste. Elle fait ses bagages avec Hathi et ses animaux. Elle se rend ensuite à sa clinique pour ramasser tous les toutous et les bonbons qui restent dans son coffre aux trésors. Elle laisse une lettre sur son bureau pour Juliette.

Pendant ce temps, Juliette et Germain crient de plus en plus fort dans la rue avec plusieurs enfants. Les parents trouvent surprenant qu'autant d'enfants aiment une dentiste. Ils télé-phonent au maire pour savoir ce qu'il peut faire.

Albertine est déjà partie en autobus avec Hathi, vers de nouvelles caries, plaisante-t-elle malgré tout. La mère et le fils sont tristes et inquiets, ne sachant pas où ils vont dormir.

Le maire Robidoux est inondé d'appels. Il doit retrouver Albertine. Il a eu une conver-sation avec les fils du dentiste

DesCaries. On sait maintenant que c'est son père qui a mis des souris dans le cabinet d'Albertine.

Le maire téléphone à Juliette. Il sait que c'est l'amie d'Albertine. La petite fille est inquiète, elle aussi. Elle n'a pas eu de nouvelles de son amie depuis qu'elle a lu sa lettre d'adieu.

Monsieur Robidoux lui demande de retrouver Albertine et lui révèle la traîtrise d'Amédée. Germain arrive chez Juliette pendant que celle-ci est au téléphone. Il a encore en tête l'idée du ballon.

— Qu'est-ce qui se passe ? demande Juliette.

— On envoie le ballon et madame Albertine reviendra, affirme Germain.

— Si elle ne revient pas ?

— Elle reviendra, je le sens.

Juliette retourne au maire qui attend au bout du fil.

— Monsieur Robidoux, il y a peut-être une solution, le ballon.

— Quel ballon ?

— Le ballon-message.

— Si vous pensez que cela peut marcher, moi, je veux bien.

— C'est ce qu'on va faire ! conclut Juliette.

Les enfants gonflent un gros ballon, plus gros que le précédent, et attachent le message en dessous :

URGENT !

ON DEMANDE

MADAME ALBERTINE

POUR SOIGNER LA MÉLANCOLIE

DES ENFANTS DE

BELLE-GUEULE.

Les enfants envoient le message et le ballon. Ils attendent un jour, deux jours, trois jours, une semaine. Ils pensent qu'il est maintenant trop tard. Beaucoup d'enfants tombent malades. Le maire Robidoux est triste. Il ne sait plus quoi faire.

Albertine, qui s'est rendue en Alaska pour aider des enfants, voit soudain passer un énorme ballon portant un message écrit. Elle n'en croit pas ses yeux.

— Youppi ! crie-t-elle en voyant le message.

Chapitre 10

VIVE
ALBERTINE
LABOTTINE !

Albertine refait ses valises en vitesse avec Hathi. Ils sautent dans le premier train, direction Belle Gueule. Albertine et son fils descendent du wagon. Juliette n'en croit pas ses yeux tellement elle est heureuse. Elle saute au cou de ses deux amis.

Tous les enfants accueillent la dentiste avec joie et grand soulagement. Monsieur le maire raconte à Albertine la traîtrise de monsieur DesCaries. Il exige qu'Amédée présente des excuses publiques à Albertine. Celui-ci s'exécute à reculons.

Madame Labottine lui sourit malgré tout et le remercie pour les deux jolies souris qu'elle garde toujours chez elle.

On organise ensuite la plus grande fête jamais vue à Belle-Gueule. Sur le village, on peut voir flotter dans le ciel un énorme ballon. En dessous, une pancarte :

VIVE ALBERTINE LABOTTINE NOTRE FÉE DENTISTE !

À Belle-Gueule, plus personne n'a peur des dentistes.

Table des chapitres

Chapitre premier

1 - Rage de dents 9

2 - Surprise.....................13

3 - Les souris d'Amédée Des-Caries...............................21

4 - Disparition de fée..........25

5 - Puis un beau matin.......31

6 - Un client espiègle..........35

7 - Un mégaproblème........43

8 - Le rassemblement........51

9 - Le traître est démasqué..55

10 - Vive Albertine Labottine !.65

Des livres pour toi
aux Éditions de la Paix inc.

127, rue Lussier
Saint-Alphonse-de-Granby, Qc J0E 2A0
Téléphone et télécopieur (450) 375-4765
info@editpaix.qc.ca   www.editpaix.qc.ca

Collection DÈS 6 ANS

Martine Richard
Chapeau, Camomille ! (Prix
Excellence)
Anne Deslauriers
La Fée dentiste
Ginette Dessureault
Pichoune
Huguette Ducharme
Drôle de pèlerinage
Élise Bouthillier
Le Voleur de nez de bonshommes
de neige
C. Claire Mallet
Le Trésor de Cornaline
Danielle Malenfant
Jean-Vert est à l'envers
Vicki Milot
Archimède veut flotter

Huguette Ducharme
    Drôle de pèlerinage
    Une Enquête très spéciale
Nancy McGee
    La Roche
Renée Charbonneau
    Les Contes de ma mère Poule
    Le Roi des balcons
    Exprès et Exciprès
Hélène Grégoire
    Richard, Dollard et Picasso
Luc Durocher
    Un Chien pour Tanya
Élise Bouthillier
    La Soupe aux nez de bonshommes
    de neige
Anne Deslauriers
    Le Prof d'un jour
Lise Hébert Bédard
    L'Arc-en-ciel d'Alexis
C. Claire Mallet
    Disparition chez les lutins
Martine Richard
    Tourlou, les troubadours !
    Tas-de-plumes et les humains
    Aquarine a-t-elle perdu la boule ?
Soraya Benhaddad
    La Danse des papillons de nuit

Yvan DeMuy
    Radar, porté disparu
    Sacré Gaston !
Rollande Saint-Onge
    Le Chat qui voulait voler
Claire Daignault
    Tranches de petite vie chez les
Painchaud
Catherine D. Fournier
    Noir, noir charbon
Raymond Paradis
    Le Petit Dragon vert
    Le Piano qui jouait tout seul
Philippe Jouin
    Auguste
Jacinthe Lemay
    Zorteil, la mouffette de Pâques
Francine Bélair
    Mamie et la petite Azimer
Odette Bourdon
    Shan et le poisson rouge
Dominic Granger
    Bichou et ses lunettes